AF497342

Bibliothèque
DES
Petits Enfants

Librairie Gedalge

LE
Sonneur aux portes

16e Série

Imprimerie Crété
Corbeil - 1928

Cette ville nouvelle lui paraissait pleine
de consternation (Page 15.)

Mᵐᵉ DESBORDES-VALMORE

LE

Sonneur aux portes

Deux Philosophes sans le savoir

Illustrations de J. MARTIN.

PARIS

LIBRAIRIE GEDALGE

75, RUE DES SAINTS-PÈRES, 75

Le Sonneur aux portes

I

JE ne crois pas qu'il y ait encore des enfants aussi hardis qu'Antony. Il était la terreur des portiers, le lutin des servantes, le cauchemar du rentier paisible. Ce petit voltigeur des rues passait pour le chef d'une bande audacieuse, qu'il entraînait tous les soirs en sortant de l'école. Il se mettait à leur tête, en vrai Cosaque à pied; et pas un marteau, pas une sonnette n'échappait à leur investigation.

— Pan ! pan ! pour le marteau. Ils fuyaient, se plaçaient en embuscade à quelques maisons plus loin, et la porte s'ouvrait, à la grande joie de leurs cœurs pleins de malice.

Le portier, ne voyant entrer personne venait lui-même regarder pourquoi; et, plongeant en vain ses yeux dans la rue silencieuse, s'en retournait mécontent.

Après un temps raisonnable, quand on le supposait rentré dans sa loge et paisiblement assis, on retournait, haletant, avec des rires étouffés où il y avait tout un poème de brigandage.

— Pan ! pan ! recommençait le marteau, et les six oiseaux de nuit s'envolaient encore, rasant la terre, dans la cachette qu'ils s'étaient choisie. Force était au portier de tirer le cordon, ne fût-ce que pour lui-même; car il brûlait, ce portier dérangé, d'attraper et de tordre le bras insolent qui l'arrachait ainsi à son repos. C'était en vain !

Alors, l'amour même du repos l'arrachait violemment à son immobilité de profession. Il se faisait petit et s'avançait finement le long du rang où il supposait les malfaiteurs cachés.

Mais si, par hasard, il s'approchait de leur retraite, ils en sortaient tout à coup avec une agilité si prodigieuse, qu'ils glissaient entre ses bras étendus, faisant voler en l'air son bonnet et poussant des cris aussi aigus que ceux de l'orfraie ou de la chouette. Ils poussaient même l'insulte jusqu'à frapper du marteau chacun un coup, ce qui en faisait six, en jetant pour adieu au portier gonflé de colère dans la rue ;

— Ouvrez, portier ! ouvrez donc ! Portier, le cordon, s'il vous plaît !

La nuit entière ne consolait pas le portier de ces allées et venues forcées sans vengeance. Le portier aime la vengeance.

II

Antony donc, répandant partout ses attaques, était toujours pendu à une sonnette, et tandis que les autres fuyaient, lui, souvent, mettait dans sa tête d'affronter seul le danger.

Une servante accourait alors, effrayée du terrible ébranlement de la sonnette, et, avant même qu'elle ouvrît la bouche, Antony, levant un nez insolent, demandait :

— Est-ce ici le médecin de mon oncle ?

— Qui est-ce que c'est que le médecin de votre oncle ? demandait la servante irritée.

— C'est... je ne me souviens pas de son nom; mais c'est un bien bon médecin !

— Ce n'est pas ici. Et une autre fois, ne sonnez pas si fort.

Une ardeur nouvelle emportait la troupe

errante. Pas un ne songeait que c'est lâche d'insulter sans péril.

Antony, bien élevé d'ailleurs, et qui coûtait à son père une grosse somme pour devenir savant, imitait effrontément le gamin dont la joie est immense quand il fait tressaillir l'humble cordonnier en plongeant tout à coup sa tête dans l'échoppe par un carreau de papier qu'il enfonce, et en demandant froidement :

— Quelle heure est-il ?

Il trouvait aussi une émotion délectable à lancer l'épouvante chez le tranquille artisan, travaillant à la lampe. Il faisait ruisseler sur les vitres sonores des poignées de pois secs, qui descendaient comme la foudre en éclats dans le silence laborieux du chaussetier solitaire.

III

Ce soir-là, toute la meute sonnante se précipita sur le pied de biche d'un rentier. La première attaque fut inutile, car le maître était absent, et ses deux domestiques, se chauffant au feu de leur maître, faisaient la sourde oreille pour ne pas se déranger.

—Est-ce ici le médecin de mon oncle ?
(Page 7.)

Antony, très irrité de cette lenteur, s'écria : « Se moque-t-on de moi ? » et se pendit sans façon de tout le poids de son corps au pied de biche, qui lui resta dans les mains. Un cri de victoire, très flatteur pour Antony, fut poussé jusqu'aux toits par sa troupe légère, ce qui l'empêcha d'entendre le bruit de la porte. Elle s'ouvrit d'ailleurs si vivement, qu'il fut pris et entraîné dans l'allée sombre avant qu'il ait pu même laisser tomber le pied de biche, témoin irrécusable de son crime. Ses compagnons s'enfuirent épouvantés et dirent entre eux :

— Aussi pourquoi nous entraîne-t-il à cela ? je n'y songerais pas sans lui !

— Ni moi !

— Ni moi !

Ni moi ! cinq fois répété, fut tout ce qu'ils trouvèrent pour sauver leur chef du piège qu'ils avaient évité. Seulement ils soupèrent assez mal ce soir-là, et quelques-uns rêvèrent de gendarmes !

Antony ne rêvait pas. Toute son intelligence était éveillée par l'air froid et vindicatif des deux domestiques, ses vrais maîtres alors, résolus à le lui prouver rudement. Ils avaient commencé par lui lier les bras et les jambes, se disposaient à le descendre à la cave, avec des menaces effrayantes. Le fier Antony ne proférait pas une parole. Il regardait ses liens, qui lui faisaient mal; il songeait à l'inquiétude de sa mère... C'était affreux ! mais il ne pleurait pas; son cœur seul disait au fond de lui-même : « Ma mère ! »

— Finissons, dit l'un des hommes, en faisant signe à l'autre d'emporter avec lui l'enfant qui devint très pâle, mais qui ne baissa pas ses yeux pleins de courage.

A l'instant même, on frappa trois coups à la porte de la rue.

— C'est Monsieur, dirent-ils, car il sonne ordinairement trois fois. Va, petit brigand, ton affaire est faite !

Antony crut qu'il allait voir apparaître un ogre. Le frisson passa dans ses cheveux et les fit lever; mais son regard curieux ne se mouilla pas d'une larme.

Le bon rentier, qui était le moins ogre des hommes, ne trouva pas dans la perte de son pied de biche une raison suffisante pour mettre en cave et faire mourir peut-être l'imprudent qu'on avait garrotté; mais, après avoir un peu rêvé sur le trouble que de telles actions répandent souvent dans des maisons paisibles, il ordonna qu'on fît avancer une voiture à l'heure.

Pendant qu'on la cherchait, Antony,

dans l'immobilité où le retenaient ses liens, eut les yeux bandés sans qu'il lui fût fait le moindre mal.

Alors la voiture arriva. Le rentier, touché du jeune âge et du maintien sans bassesse du prisonnier, l'interrogea en grossissant sa voix.

— Votre nom ? celui de votre famille ? votre demeure ?

Antony répondit à tout d'un accent ému, mais précis.

— Avez-vous du courage ?

— Pour entreprendre, oui. Pour souffrir, je l'ignore : c'est la première fois que je me suis laissé prendre.

— Jurez-vous de ne pas vous révolter si l'on vous ôte ces cordes ?

— Je le jure.

— Otez les cordes au prisonnier !

Les cordes tombèrent.

— Vous allez subir de grandes épreuves, continua le juge. Les soutiendrez-vous sans lâcheté ?

— Je tâcherai, répliqua simplement le petit sonneur aux portes.

Son juge le plaça derrière lui, et, détachant de la tapisserie couverte de dessins une tête de mort, au crayon noir, qui n'y tenait que par quatre épingles, il la mit devant l'enfant en lui disant : « Ne bougez pas ! Vous, dit-il aux domestiques, soulevez son bandeau. »

Antony trouva, sans tressaillir, cette tête sous ses regards délivrés.

— Qu'en dites-vous ?

— Que c'est mal dessiné, répondit l'écolier qui l'avait parcourue avec attention.

Le bandeau retomba sur ses yeux.

— Aviez-vous des complices ?

— J'avais des amis, monsieur. Ils se sont sauvés... ils ont bien fait.

— Avez-vous une mère ?

Antony ne répondit pas, mais baissa la tête, et le rentier, qui l'examinait attentivement, vit couler deux larmes sous son bandeau.

— Partons ! dit le juge, d'un ton grave et irrévocable.

IV

Antony fut conduit en silence dans la voiture, qui roula si longtemps qu'il se crut à vingt lieues de Paris. Elle s'arrêta tout à coup, sur un cri des deux guides, au milieu desquels Antony était assis.

Le rentier, qui n'avait pas soufflé mot durant le voyage, descendit le premier et s'éloigna. Antony fut déposé au milieu

d'une rue déserte et noire, qu'il prit pour
une ville de province inconnue. Quand son
bandeau fut ôté et qu'il put porter autour
de lui ses yeux pleins de terreur :

— Tirez-vous de là, dirent brièvement
ses guides, en remontant dans la voiture
que l'enfant infortuné vit s'éloigner avec
l'amertume profonde de son abandon.

Il resta quelques instants sans se mou-
voir et sans rappeler ses idées. Cette ville
nouvelle lui paraissait pleine de consternation. Il trouvait les maisons d'un aspect
bizarre, bâties tout autrement qu'à Paris,
son cher Paris ! et présentement qu'il était
pour lui d'une impérieuse nécessité de sonner à quelque porte pour s'y sauver d'une
nuit d'épouvante et d'insomnie, à jeun;
tous les pieds de biche du monde n'auraient
pu réveiller sa passion éteinte pour le son
des marteaux et des cloches. Il s'assit, en
soupirant, au coin d'une borne, sur un
banc étroit qu'il accepta pour son lit, non
sans murmurer tristement :

— Ah ! que les bancs sont bien plus
larges à Paris ! et les réverbères, Dieu !
qu'ils sont ternes dans cette petite ville!...
Est-ce qu'il y a des hommes dans ces habi-
tations froides ?... Maman ! maman ! que
la vôtre à cette heure était chaude et gaie
pour moi ! Si vous saviez où je suis, vous

prendriez la poste pour venir me sauver. Il est vrai que je suis bien coupable; mais vous n'auriez pas le courage, vous, de me punir si cruellement, car je suis perdu enfin !...

Et les larmes d'Antony coulèrent par flots sur le banc de pierre.

— Mon Dieu ! s'écria-t-il, est-ce que vous m'avez abandonné !

V

Un homme s'approcha tout à coup dans l'ombre. Antony se leva.

— N'ayez pas peur, mon petit ami, dit cet homme.

— Je n'ai pas peur, répondit l'enfant; quel mal voudriez-vous me faire ?

— Aucun, si vous me dites la vérité : Qui êtes-vous ?

— Je suis un enfant perdu.

— D'où venez-vous ?

— De Paris, où je suis né. Je n'ai pas d'argent; je ne connais pas cette ville, où l'on m'a laissé seul pour me punir.

— De quoi ?

— De sonner aux portes avec mes amis.

— Leurs noms ?

— Je ne le dirai pas.

— Le vôtre ?

— Antony Derbay; mais mon père sera-t-il inquiété pour ma faute ?

— Soyez tranquille, mon enfant, dit l'homme attendri, et suivez-moi... quand je saurai votre demeure, toutefois, car je suis résolu à vous rendre ce soir même à vos parents.

— Quoi ! Monsieur, vous ferez ce voyage ! s'écria Antony, plein de reconnaissance.

Il lui dit alors tous les noms de son père, sa demeure à Paris, et se laissa conduire, soumis, par ce guide si différent de ceux qui l'avaient emporté loin du pays natal.

Après quelques détours qui ne lui semblaient que les commencements d'un voyage pénible, l'homme, qui l'avait doucement enveloppé dans son manteau, s'arrêta en disant :

— Nous y sommes.

— Où donc ? s'écria d'une voix craintive Antony, sans se reconnaître encore, et croyant rêver.

— Chez ton père, dont voici la maison.

Et il frappa de manière qu'on ne tarda pas à leur ouvrir.

Quels furent la surprise, la joie et les

transports d'Antony, en se retrouvant à sa porte comme par enchantement ! quand il tomba dans les bras de sa mère, inquiète depuis deux heures de ne pas le voir rentrer ! quand il la couvrit de ses larmes en lui racontant sa faute et qu'il lui montra son sauveur.

— Oh ! qui êtes-vous, monsieur ? dit la mère, en se penchant vers l'étranger.

— Le rentier, madame, qui se trouvera bien heureux s'il a corrigé l'enfant et consolé la mère.

Je dois vous avouer qu'Antony sanglota de repentir dans les bras du bon rentier, et qu'en essuyant ses yeux rouges, il s'écria tout à coup :

— Monsieur, je te rendrai ton pied de biche !

— Non, dit en souriant le rentier, qui devint le meilleur ami d'Antony; je vous le donne comme un talisman pour entrer à toute heure dans ma maison.

L'objet qui nous rappelle une faute pleurée nous empêche d'y retomber.

Deux Philosophes

sans le savoir

Il y avait, et je désire qu'il y ait toujours, à Bruxelles, un homme de charité si grande, d'une âme si libérale et si compatissante, qu'il était souvent dans un état voisin de l'indigence : il jouissait pourtant d'un revenu annuel de six mille francs; il n'était point marié; simple dans ses goûts, son plus grand plaisir consistait à se promener aux champs, où il poursuivait, sans jamais les prendre, les phalènes et les papillons; car il pensait aussi qu'il y a dans l'univers assez d'espace pour eux et pour nous. Il faisait donc semblant de les persécuter pour voir leurs ailes brillantes s'agiter au soleil, et il donnait des *escalins* aux petits paysans pour ne pas détruire ces charmantes fleurs de l'air. Il arrangeait, pour ces marmots rustiques, sur la douceur d'être libre, des leçons brèves et touchantes, qu'ils écoutaient en regardant leurs escalins d'un air assez attendri.

Ses promenades lui coûtaient beaucoup;

car s'il entrait dans une chaumière pauvre, et c'était toujours là que son instinct l'attirait, s'il y trouvait le dénûment, la tristesse et le silence, il y versait les douces paroles, tout l'argent qu'il avait encore, et n'en sortait pas sans avoir consolé, ranimé quelque âme souffrante. Non seulement il donnait, mais il savait offrir : c'était toujours la voix d'un frère que le pauvre avait entendue; c'était l'apparition de la pitié qui relève et qui sourit. Alors il rentrait dans la cité bruyante, plus léger que les papillons dont il avait protégé l'indépendance.

Mais quand l'année expirait, il fallait comparaître devant un caissier dont la plume exacte et ferme troublait un peu cette joie pure de répandre sans compter.

Aussi l'avait-il nommé son *Rhadamante*, et ne paraissait-il devant lui qu'avec l'émotion d'une âme en peine, forcée d'entendre lire son arrêt.

A la fin ses amis se crurent obligés de se réunir pour délibérer sérieusement sur son sort. Ils décidèrent entre eux que, puisqu'il donnait tout, ne réservant rien de ce revenu qu'il devait à des talents que l'âge pouvait lui ravir, il fallait le tenir en tutelle, payer chez l'un d'eux sa pension, afin d'être sûr qu'il ne manquât pas du

... et n'en sortait pas sans avoir consolé, ranimé
quelque âme souffrante (Page 20.)

nécessaire, et mettre en réserve pour son avenir une rente modeste dont il userait peut-être dans sa vieillesse avec moins de profusion.

Il se conforma sans rien dire à cette sage mesure, et comme un enfant soumis à une famille qui l'aime, il se laissa mettre en *nourrice*.

Tout alla bien; seulement il n'était plus si gai, parce que ses poches étaient vides, et qu'il n'y avait pas moins de malheureux sur son passage.

Il se consolait pourtant de cette étroite contrainte, en rentrant un jour sans chapeau, un soir sans habit, une fois enfin, par le froid le plus vif, sans autre vêtement que le premier de tous : ce qui lui donnait de gros rhumes, au cours desquels il toussait le plus patiemment du monde, en écoutant avec douceur les remontrances de ses bons nourriciers, comme il les appelait. Il fallait bien alors lui faire faire de nouveaux habits, qu'il attendait dans sa retraite avec l'impatience de les donner encore.

Un soir d'hiver, qu'il passait seul dans une rue déserte, son cœur se serra de pitié aux cris lamentables d'un chien. Hélas ! tout ce qui souffre n'a-t-il pas quelque lien avec l'homme ? Ces gémissements étaient si faibles et si éteints, que notre homme charitable jugea l'animal fort blessé. Il se laissa guider par ses plaintes jusqu'à la porte d'un vieux couvent, où il trouva en effet, couché sur la pierre, un chien tout palpitant et déchiré. Les maisons de la place silencieuse étaient fermées, les réverbères jetaient seuls quelques lueurs sur cette scène isolée. Plusieurs cailloux sanglants, disséminés autour de la victime, semblaient dire que de méchants enfants *(cet âge est sans pitié!)* l'avaient poursuivie et sacrifiée à la joie cruelle d'éprouver sur elle leur force et leur adresse.

En se baissant pour l'examiner mieux et l'interroger en quelque sorte sur l'étendue de ses maux, qui paraissaient extrêmes, le bon passant fut saisi d'horreur en voyant que le chien n'avait plus d'oreilles, et que le sang coulait abondamment par d'autres blessures plus graves et plus atroces. L'une de ses pattes était cassée, et rien, si ce n'est la mort, n'avait été oublié dans le supplice infligé au pauvre animal.

L'homme alors se mit à réfléchir sur les moyens d'emporter avec lui ce malheureux qu'il ne songeait même pas à quitter. On eût dit que le blessé avait senti que c'était maintenant une main généreuse qui s'approchait de son corps mutilé. Il gémissait encore, mais il ne jetait plus ces cris qui appellent au secours : le secours était venu et l'espérance versait déjà sur les plaies vives un baume qui en calmait les élancements les plus aigus. Le transport quoique difficile s'exécute enfin. Deux mouchoirs liés ensemble soulèvent le chien immobile : son sauveur l'emporte le plus doucement qu'il peut dans son manteau, qui lui forme une espèce de litière suspendue. Il parvient lentement à sa demeure, y rentre sans être vu de personne, se glisse dans sa chambre, y dépose son fardeau mourant. Au moyen d'une lampe, il ranime son feu, en approche le chien qui suivait tous ces mouvements avec des yeux languissants et mouillés; son hôte lui parle, lui donne des consolations, l'enveloppe dans ses vêtements les plus chauds, après avoir lavé ses plaies d'un mélange d'huile et de vin; il se couche alors plein d'espoir de sauver son humble malade.

Le lendemain, tous les jours, mêmes soins, même espérance. Il n'osait avouer cependant qu'il recélait dans sa chambre ce genre d'infortuné. Il craignait... quoi ? Eh bien ! il craignait qu'on ne se moquât de lui; il avait peur de la raison des heureux; il eût dit volontiers à son chien, comme il disait aux pauvres, en se dépouillant pour eux : « Ne le dites pas ! surtout ne le dites pas ! »

Au lieu de prendre, comme à l'ordinaire, le repas du matin avec ses amis, il le montait sous prétexte d'un travail pressé, pour partager son lait et son pain avec le convalescent muet, sans oreilles, sans rien de cet éclat qui l'avait dû rendre naguère l'orgueil de ses maîtres.

Son bienfaiteur usait de mille ruses innocentes pour se priver, en sa faveur, des aliments qu'il disait manger tout seul comme un gourmand, ou comme un écolier, en travaillant et en chantant. Il se nourrissait moins; mais son protégé reprenait à vue d'œil. Un beau jour il éprouva le bonheur de le voir tout à coup se lever seul sur ses quatre pattes égales, et traînant encore, comme le Lazare ressuscité, les lambeaux dans lesquels on l'avait enseveli. Haletant de reconnaissance, il vint en soupirant baiser les pieds de l'homme qui lui rendit ses caresses avec émotion. L'homme jugea qu'il était temps de se faire connaître; et, dès que les charpies, les appareils, les linges, se furent détachés d'eux-mêmes des cicatrices assainies du bon animal; dès qu'il reparut dans sa

... son cœur se serra de pitié aux cris lamentables
d'un chien. (Page 23.)

robe couleur de noisette foncée, mélangée
de blanc, dès qu'il eut bondi, en hurlant
la plus éloquente reconnaissance, il lui
demanda toute son attention, et lui parla
en ces termes :

— Félix ! vous que j'appelle ainsi, non
point parce que vous êtes prodigieusement
heureux, mais parce que le héros d'une
pièce touchante s'appelle *Félix ou l'enfant trouvé*, et que votre situation offre
quelque similitude avec la sienne, écoutez-
moi : je vais, sans crainte de me rabaisser
à vos yeux, vous dire ce que je suis, et ce
que vous devez attendre de nos relations
futures. Je suis artiste, Félix; et quoique
vous m'ayez vu pleurer sur vos blessures,
il m'est arrivé souvent de distraire tout
un peuple naturellement grave et penseur,
de l'arracher à son inquiétude pendant de
grands événements (car les hommes, mon
pauvre ami, ont aussi leurs troubles et leurs
blessures), et de ramener sur les lèvres
d'un monarque, Guillaume de Nassau,
roi des Pays-Bas, le rire, qui n'y est pas
toujours très fidèle; en un mot, je suis un
comédien.

Félix ne donna pas la moindre marque
de dédain, ni d'étonnement : l'artiste en
fut touché et sourit.

— Suivez-moi donc, reprit-il; vous voilà

sur vos jambes; sans oreilles il est vrai, mais vous n'êtes pas sourd, et vous n'entendrez plus de menaces ni d'injures, car vous n'aurez point de maître, et vous allez saluer et connaître tous vos amis. Je vous rends libre, avec une sécurité d'autant plus grande, que la barbarie de vos assassins vous a cruellement changé, et qu'elle vous a donné pour l'avenir une leçon dont vous saurez profiter : il vous reste toujours les douceurs de l'amitié, Félix, qui ne sont pas les moindres de cette vie passagère !

Le comédien, malgré sa gaieté naturelle, n'avait pas les yeux secs en terminant son discours, et Félix le suivit en chien qui l'avait compris parfaitement : il prouva, depuis, qu'il n'en avait rien perdu.

C'était un jour d'assemblée générale. Le foyer du théâtre était rempli d'artistes de tous les emplois, quand le bon comédien entra, suivi de son paisible enfant trouvé. Il le présenta à toute la compagnie étonnée, qui écoutait dans un profond silence la relation des malheurs de Félix, dont les regards se portaient alternativement sur l'orateur et sur l'auditoire attendri de cette narration touchante, qui se termina ainsi :

— Mes amis, je vous donne à tous une part dans l'avenir de Félix; il m'entend et vous regarde. Désormais il n'appartient plus qu'à nous; chaque jour, il ira recevoir l'hospitalité chez vous tous, et vous trouverez comme moi du plaisir à la lui offrir.

Ce fut un cri unanime pour le promettre; et ce qui semblera peut-être incroyable, ce qui est vrai pourtant, c'est que dès ce moment Félix ne connut plus d'autre patrie que le théâtre, d'autres hommes que les artistes. Il dînait chez celui-ci, soupait chez celui-là, et couchait régulièrement dans les foyers, qui étaient devenus son champ d'asile. Quand il descendait sur la grande place de la Monnaie, où s'élève le Théâtre Royal, s'il voyait accourir quelque petit garçon à la mine querelleuse, instruit par le malheur et la reconnaissance, il rentrait sans colère, sans même aboyer, sous le toit hospitalier où sa vie, exempte d'orages, s'écoulait et s'écoule encore dans la certitude d'un doux lendemain.

Une jeune actrice qui, en arrivant à Bruxelles, se vit suivre et caresser par lui, s'étonna de l'accueil empressé qu'elle en recevait; elle n'apprit pas sans étonnement qu'il devinait ainsi toutes les personnes de sa profession, à quelque distance qu'il les vît passer, et qu'il semblait remplir un devoir en courant au-devant d'elles pour leur servir de *cicerone*.

Les artistes répétaient un matin, et comme en famille, une pièce charmante de Sedaine, à laquelle assistait Félix avec son sérieux accoutumé. La jeune actrice, qui le regardait... demanda la permission de lui décerner un titre que nul mieux que lui ne semblait mériter. Cette demande parut juste; et Félix, de l'aveu de tous, porta dès lors, comme il le porte aujourd'hui, le titre de : *Philosophe sans le savoir*.

6230-28. — Corbeil. — Imp. CRÉTÉ. — 3-1928.